U0074212

瓦滴

林加春 著

目次

1. 火爐原本是條河

瓦滴是個年輕小夥子，跟老媽媽塔伊住在山裡，隨性過日子。他種的果樹和玉米、稻子，都任它們自由生長，做得最認真的一件事是說故事。

只要瓦滴醒著，手一活動起來，嘴巴也就跟著動，說起一個接一個的故事；表情和動作外，他還加了唱歌和舞蹈演戲，一人扮多個角色；吹過的風、流過的水、飛過的鳥兒、跑跳過的動物，見到的人，全都聽過他的故事。

就算身邊沒有這些朋友，他也還有兩個忠實聽眾，那就是老媽

瓦滴

媽和住在腦子裡的隱形人尤旦。

山裡的人都說瓦滴懶惰，成天做白日夢，但老媽媽知道，瓦滴是真有本事的好孩子。

今天，瓦滴坐在樹底下，手和腦一同忙著，有個東西急切要出來和朋友們見面啦。

這是一口火爐，按照他心中想法作成的，獨一無二、與眾不同的火爐。瓦滴拍拍手，泥巴還黏在手上，他一點也不在乎。

「嘿唷喔喃，嘿唷喔喃……」口中哼著歌，腳下踏著拍子，瓦滴腦中的故事正一點一滴出現：「尤旦，你知道嗎，火爐長出一條大河。」

白頭翁停在他頭上大聲唱：「就這樣！就這樣！」

瓦滴很高興有聽眾，「火爐說，它從前是一條河，你知道嗎？」他問白頭翁，一邊抹平爐口的小裂紋。

「我不知道。」看著瓦滴修飾他的作品，白頭翁很好奇這泥塑的桶子跟火爐有什麼關係。

哈哈，瓦滴笑起來，把火爐說成是一條河，的確沒聽過，該怎麼讓故事發展下去呢？

瓦滴很快想好故事的開頭：「剛才，它還只是一堆土的時候，跟我聊天，說它原本是條河。」

做一條河，天天跟著水東奔西跑，四處去遊玩，不但每天要跳過石頭草堆垃圾，還要照顧一群魚蝦貝蟹。可是每天在外面跑，好累啊，河想住到屋子裡，也不要只跟水玩在一塊兒，它希望擁抱熱情的火。

瓦滴告訴白頭翁：「聽它這麼說，我想了很久，要如何幫它呢？」

瓦滴生動的表情和語調，讓白頭翁忍不住追問：「你想出來了嗎？」

嗯，瓦滴點頭微笑：「就是這個，你說的『桶子』。」

「把它挖起來，做一個能放入柴火、燒煮食物、烤火取暖的爐子，它就可以擁抱火焰，呵護火苗，跟我一起住在屋子裡，聽我說笑哼唱。」

「火爐原本是條河」，瓦滴的故事離譜得可愛，白頭翁聽得連聲「就可拉，就可拉」笑哈哈。

捏塑好的火爐放在樹下曬太陽，朋友們都來看，半天後爐子裂開了，瓦滴又說了個故事：

太陽沒把火爐曬裂，是野貓追猴子踩壞的。

猴子在樹上跳跳叫叫，告訴野貓，樹上有一窩老鼠。

野貓跳上樹，找不到，被猴子笑：「人家老鼠比你會爬樹。」

野貓喵猴子，猴子噓野貓，牠們在樹上鬧，互相又喵又噓。

野貓跳下來，故意坐進火爐裡，猴子跳下樹，抓住火爐提把往上抬。貓喵喵叫，使勁在裡面蹭，猴子抬不動，用拖的，那火爐，就碎啦。

瓦滴一會兒「喵喵」，一會兒「噓噓」，學野貓和猴子逗鬧，

火爐究竟怎麼裂的？大家沒法兒確定，倒是對那火爐的外型和做法

很有興趣。

方形大大的底座，留有一個開口，邊緣和內側多做幾塊凸出的支點，可以架柴火和鍋子，當然，還要有外邊兩個提把，方便搬拿移動。

「你這主意挺不錯的。」風喜歡有創意的東西。人家都用石頭圍個火塘，但瓦滴偏偏愛搞怪卻又有道理。

看見自己口中的「桶子」裂成幾大塊，白頭翁覺得可惜：「還會有一條河要變成火爐嗎？」牠問瓦滴。

這問題很可愛，瓦滴要等問過河流才知道。

「也許要先讓火爐回復成一條河」，瓦滴一邊忙碌一邊想。新的火爐正在進行，新的故事也正在成形：「火爐長出一條河，一條流著火的河……」

2. 送你一個快樂

搬起火爐，瓦滴要出門去。

「你知道葛魯嗎？」老媽媽塔依坐在樹下曬太陽，問。

山下村子一個駝背葛魯，沒有親人，住在竹棚茅草蓋的矮屋裡，瓦滴跟他說過話。

「葛魯腳受傷了，沒法出門。」瓦滴說。

「給他想個法子吧。」塔依笑得兩眼瞇瞇，盯著瓦滴和火爐看。

「當然，當然。」瓦滴很高興。媽媽塔依雖然老，卻總知道兒子的心裡想什麼。

瓦滴

瓦滴下了山，走入村子，舉在肩上的火爐引來許多眼光注視。

「這是什麼？」

「好東西。」

瓦滴走到葛魯的竹棚，把火爐放在門邊，彎腰進屋去。

葛魯拖著腳在地上爬，瓦滴背著他出來曬太陽、看火爐。

「這個送你。」他教葛魯使用的方法，煮食、取暖，都很好用，「有人想試試，你就租給他。」

這是一個好辦法，葛魯可以賺點兒錢，給自己添點兒吃的、用的。

「謝謝啦。」葛魯很開心，能曬到太陽真好。

「我沒有柴草可燒欸。」葛魯駝著背，仰起頭看瓦滴，啞著嗓子開玩笑說：「幫我把屋子拆了就有啦。」

哈哈，樂觀的傢伙！

瓦滴拍拍葛魯：「別擔心，我幫你想辦法。」

他走到少年伍紹的家，正好見到伍紹拿起繩子要出門。

「你好，有個火爐需要木柴、乾草，你會幫忙送去嗎？」瓦滴笑哈哈摟著伍紹的肩頭。

「我會砍柴草，也會扛重擔，可是，」少年臂膀結實，肌肉硬梆梆的，笑容堆滿臉，愉快的問：「我會得到什麼？」

「一個故事。」瓦滴知道伍紹最想要的是什麼，「火爐會說它冒險的故事給你聽。」

「好極了！」伍紹拿起柴刀就要去砍木柴、割草藤。

嘿，他都沒問火爐在哪裡咧。

「去葛魯家，他會告訴你火爐的事。」瓦滴在他背後喊。

瓦滴

太陽曬得人很溫暖，但是，瓦滴得再幫葛魯找點兒吃的。

「肚子飽飽的葛魯，腳會好得快，對吧？尢旦。」瓦滴跟腦子裡的朋友說話，手裡忙著編紮松葉。

山裡翠綠的松樹長得很茂盛，松枝太長太多了，瓦滴剛好拿來做幸運草環。香香松脂黏得瓦滴手指黑黑髒髒，不過草環編得圓又飽滿，很漂亮。

他做好兩個草環，來村子外找養雞的猶布。

「幸運草環！」瓦滴舉高松葉環，讓猶布聞一聞：「你要一個還是兩個？」

一邊問，瓦滴一邊將草環放在猶布家的木門上比畫，嗯，「好看喔。」他大聲說。

是好看，而且是新鮮的松葉，香氣讓人舒服又開心，猶布急忙回答：「兩個都要！一個掛門上，另一個……」

拉著瓦滴走進雞群，猶布問：「能掛在雞脖子上嗎？」

迷信的猶布認為：若給雞掛上幸運草環，牠們就不會生病，能長得健康，而且，「幸運的雞能賣好價錢！」

哈哈，當然行呀。

可是，猶布拿不定主意，要把草環掛到哪隻雞的脖子上呢？

瓦滴把幸運松葉交給猶布，笑咪咪說：「如果你能送雞蛋給葛魯，那麼回家後，最先跳到你腳上的雞，就是需要掛幸運草環的那一隻。」

這沒問題，雞蛋多的是！猶布撿了一籃子雞蛋，立刻出門。

瓦滴空著手回到山上，老媽媽塔依摸摸他的頭，笑嘻嘻：「你做對了，好孩子。」

轉身去看看種的玉米、甘薯、芋頭，在田裡站了一會兒後，他拍拍手大聲唱歌：「伍紹送木柴，猶布送雞蛋，葛魯的火爐要說故事了，葛魯的肚子不挨餓了，葛魯的腳很快也會好起來，好起來……」

「喂」，白頭翁飛在瓦滴頭上問：「你都沒有送什麼嗎？這不像是你喔。」

「我送他們快樂。」瓦滴伸手抓下白頭翁，告訴牠：「我也送你一個快樂。」

瓦滴把白頭翁高高拋上天。

喔唷，白頭翁乘著力道振翅，「就古力！就古力！」

空中的叫聲，聽起來真是很快樂唷。

3. 去冒險吧

砍柴的少年伍紹，背來重重一簍劈成塊的木柴，放在葛魯的破草棚外。

駝背的葛魯倚著火爐打瞌睡，曬太陽讓他很舒服，臉上笑呵呵。被簍子著地的「洞」震醒時，夢中的他剛要跳進小河游泳。

奇怪的火爐吸引少年的目光，「嘿，這東西看起來很不錯。」伍紹蹲到葛魯身邊。

高高方方、直立的泥土「桶子」，伍紹不認識：「這是什麼？」

「火爐。」葛魯很樂意介紹，只是，「我沒有木柴，所以，它到現在還只是我的床。」

「瓦滴要我送木柴來。」伍紹的眼睛沒離開火爐：「他講，這火爐會說故事給我聽。」

呵呵，葛魯笑了，坐直身體：「是真的，我剛才也聽了一個故事。」

葛魯問伍紹：「你會升火吧？」

「那當然！」伍紹抬高下巴，揚起眉頭，很得意：「這是我的拿手本領。」

將乾草和木柴架在火爐中層，點起火來，「很快，你會從它身上發現有趣的事。」葛魯教伍紹先拍拍火爐，打個招呼再動手。

照著方法，伍紹俐落地抽出幾塊木柴放進火爐。

「你確定它不會裂開？」點火之前，伍紹問葛魯。

「試試看吧。」葛魯沙啞的聲音很愉快，他也不確定火爐會說什麼故事，不過，「就算火爐裂開了，你可以立刻跑走，沒什麼損失的。」葛魯開玩笑說。

啊，這就對啦，一件冒險的事，少年伍紹最想的就是這個！他滿懷期待的點火。

火光在爐子內亮亮跳跳，伍紹站著，看了一會兒後，他坐下來告訴葛魯：「我想，它很安全。」

隔著爐子，火的熱度均勻傳透出來，伍紹很快就冒汗，也聽見爐子發出聲音，不是「嗶啵」的燒柴聲，是「唏唏」「嘶嘶」的奇怪聲音，而且會跑！在爐子和他耳朵裡跑進跑出。

這種聲音好像聽過，伍紹努力想。

是水從山壁擠出來時的招呼！火爐裡面有水嗎？

伍紹躺下來，耳朵靠近爐子，聲音更清楚了，水好像跑進他的身體內流動。

呵呵，葛魯笑了，把火爐下層的風門關小一點：「慢慢來吧，別一下子就燒光。」

少年伍紹輕輕打鼾，躺在火爐邊很舒服，砍柴的勞動讓他很快睡著。

火爐變成水流，在他夢裡說故事：

有一棵美麗的樹，樹幹筆直，一層一層的枝條，像伸出的一把把扇子，樹葉細小，粉綠白斑，總是跟著風，輕巧的搧出美麗姿態和清涼香氣。

聽說，找到它，爬上去，最高的樹杈裡有一窩金色鳥蛋，摸摸鳥蛋，把所有的蛋翻個面，太陽會幫忙把蛋孵出金色仙鳥。摸到蛋或見到仙鳥的人都會有一輩子好運氣。

樹長在山裡，我流過它腳下，聽到樹唱歌，歌裡透露這個祕密。

去吧，去試試吧，也許你註定會得到好運氣，不過，別被老鷹咬傷了手或腳，那就危險啦！

伍紹看見水流走在山裡，遇到那棵美麗的樹，好高呀！柔嫩的枝條掀動，很多細小的亮光在水中跳躍，老鷹在更高的樹頂盤旋。水流想照出樹上鳥窩，被老鷹丟下石頭驅趕，「砰」「砰」，水花噴濺，像鏡子被打破了一般，蹦跳出許多金亮光點。

「啊！」伍紹嚇一跳，醒了，身旁火星飄飛，糟糕，火爐要裂開啦！他忙翻滾出去。

「沒有。」葛魯叫住伍紹：「火爐好好的。」只是添了一塊木柴進去，又打開風門，火焰重新燒旺起來而已。

「你的故事怎麼了？」葛魯很好奇。

故事？

伍紹想一下，火爐說了它冒險的故事，很精采，「我想，火爐是叫我到山裡走走。」

一骨碌站起身，伍紹笑嘻嘻：「我知道了。」

「知道什麼？」葛魯問。

「你的火爐是個好東西。」還有：火爐原本是條河！但這是祕密，不能說。

伍紹邁開腳：「我要去冒險了。」他邊跑邊喊，很快樂。

4. 幸運的雞

看到猶布送來一籃雞蛋，葛魯以為他要租用火爐。彎駝的背用力撐挺，「喔」，葛魯接過籃子：「你得等一等，這火爐現在有人使用。」

少年伍紹還在聽火爐說故事哩。

「我走啦。」猶布忙著要回家，卻又好奇停下腳：「你說什麼？這是一個火爐？」

沒見過高高站的火爐，猶布再多看幾眼：「等我忙過了，就來試試你的火爐。」他說，走兩步後想到了：「瓦滴要我送雞蛋給你。」

瓦滴

原來如此，「遇到瓦滴會有好運氣！」葛魯笑呵呵，沙啞聲音在猶布背後說。

「好運氣」三個字催促猶布，幸運的松葉草環等著找尋得主欸。

回到家，猶布舉著幸運草環走向他養的雞。

若要說這世界上誰對雞隻最溫柔，那準定是猶布啦。

「好雞兒，你們吃飽沒？誰要這個草環呢？快跳到我腳上來。」聽聽他喊的，村子裡只有他養雞是這麼哄這麼寵，養小孩一樣。

噗噗啪啪，雞群「咯咯咯」「嘓嘓嘓」，追逐嬉鬧，圍在猶布身邊。黑母雞為了一隻大蚯蚓被搶走，踩過猶布的腳去追公雞王。

哇，牠就是幸運草環的得主！

「嗯，好雞兒，幸運在你身上，去吧。」猶布將草環套進黑母雞脖子，把牠舉高後再放下。

被主人猛地抓住，糊里糊塗掛了個重重草環，黑母雞先是蹲在地上，「咕咕」「咯咯」悶聲抱怨，接著，新鮮松葉的香讓牠興奮站起來。

唉唷，草環絆住牠的腳，走不開了！

黑母雞氣惱的拍鼓翅膀，唉唷唉唷，翅膀被草環裹住，張不開了！

這草環比牠身體大，黑母雞前進不得，後退不了，只能拖著草環轉圈圈，雞群們都來看牠。

翹尾巴公雞王叼著大蚯蚓，歪歪頭看黑母雞的翅膀，又歪歪頭看黑母雞的腳。

發現食物就在嘴邊，黑母雞仰頭伸長脖子，咬住大蚯蚓，頭一拽，把食物藏進草環松葉裡，凶巴巴又氣昂昂的「咯咯咯咯」叫了一長串。

猶布笑哈哈，黑母雞果然有好運氣。

剛說完，翹尾巴公雞王就不客氣咬住草環拉扯，「好，好，換你了。」猶布將草環掛到公雞王脖子上。

松葉和羽毛摩摩碰碰，大蚯蚓掉出來，黑母雞一嘴叼起，轉頭跑開去。

猶布連連搖手喊「不行」，黑母雞已經吃完美味，圓滾滾矮小的黑母雞，居然欺負猶布心愛的公雞王！

看著牠，猶布只好說：「你果然很幸運。」

「我要買你這隻雞！」一個激動高亢的聲音喊得猶布嚇一跳。

城裡來的雞販莫迪指著公雞王：「牠，漂亮出色，我要啦！」松葉草環套在高大壯碩的雞身上，金黃毛色和大大紅冠、厚厚肉垂，正正好塞滿草環，翠綠松葉圈住牠飽滿的胸膛，尾巴黑到發亮的長羽毛，峭壁一樣高高翹起。

這隻雞，霸氣！神氣！貴氣！是漂亮，是出色，可是，「牠是我的王，你挑別隻吧。」猶布真捨不得。

「我就要牠，開個價錢吧！」

好價錢讓公雞王脫下幸運草環，雞販莫迪抱起大公雞走出去。

猶布把草環往自己脖子套：「我也需要好運氣！」他看著腳邊雞群，攤手聳肩笑不出來。

大聲笑，開心笑的是莫迪，捨不得把大公雞綑綁，抱著牠騎車。單手騎車沒問題，單手抓公雞王卻不牢靠，公雞王先用雞爪抓抓，再用雞喙啄啄，嘴裡「咕嚕咕嚕」通知一聲後，身子一縮，腳用力蹬，翅膀張開飛，跳到地上，又跑，跟著衝入樹林。

莫迪騎車追：「你這隻雞怎麼會飛？」他哇啦哇啦叫，追不到雞。

公雞王跑不見了！

能再去跟猶布要隻雞嗎？

「算了！」莫迪兜了好幾圈，沒臉回村子去，這種惹人笑的事千萬不能說。

所以嘍，當猶布見到公雞王又回來時，他瞪大了眼：「喔唷，你也是幸運的雞！」

幸運的還有他自己，「好吧，就當我也是雞。」摸摸脖子上的草環，猶布開心的笑了。

5. 火爐會變變變

「瓦滴的東西真神奇！」

葛魯聽猶布說這話，立刻想到火爐，很快點頭：「那是當然的啦。」

火爐不但說故事給伍紹聽，還讓這少年滿足的離開，他吃了火爐招待的一個蛋。

方方高高的爐子，上頭可以架鍋子、擱石板、鋪鐵網，要煮要炒都隨意。站不起來的葛魯只能把蛋放進下層風門灰燼裡，爐子竟然就替他變出火烤蛋來。

「你也吃個蛋吧。」駝背葛魯遞給猶布的，是一顆裹了泥巴，烤得紅紅的蛋。

剝開泥土和蛋殼，猶布吃在嘴裡的蛋特別耐嚼，蛋黃紅紅亮亮，軟軟稠稠，不乾硬，好吞嚥，而且香！是龍眼香。

「為什麼你的蛋特別好吃？」猶布忙完雞群和草環的事，興沖沖來找葛魯要試試火爐，但是吃下這個蛋後，他只想躺著懶懶的聊天。

「不，這是你的蛋，你養的雞生的蛋。」葛魯先糾正猶布，然後告訴他：「伍紹送來龍眼柴，瓦滴送來火爐，火爐和龍眼柴把蛋烤出好滋味。」

烤土蛋不必動用鍋具，方便駝背腿傷的葛魯填飽肚子。「方法很簡單，你要試試嗎？」葛魯問。

當然要！翻身坐正，猶布玩泥巴，把蛋放入泥團，包成個土豆樣，放在火爐上層。

「蛋會爆開嗎？」

「炸蛋也很好吃啊。」葛魯笑嘻嘻，他從不擔心什麼，「放心吧，火爐會照顧你的蛋。」

猶布兩眼發亮，盯著葛魯：「它很不一樣，用什麼做的？火爐嗎？嘿，這要問瓦滴。」

「我猜，瓦滴有好運氣，找到特別的東西。」葛魯沙啞的聲音很神秘。

看土豆兒在火爐上滾來滾去，好像有隻手翻動它，火爐裡紅紅金金的焰舌都收回去了，熱熱光光的爐子似乎有水氣「嘶嘶」噴響。下層的風門半開著，看進去，白灰灰的木柴軟軟斷成好幾塊，散出熱氣。

「我的痛腳也要烤一烤。」葛魯把腳偎著風門。吃下烤土蛋，肚子不再空空，他有力氣抬抬腿：「火爐會照顧我的腳。」

這話提醒猶布，連忙跑回去，拿來鍋碗瓢盆和一袋子食物，「我要煮一鍋好料。」他說。

沒問題，火爐怎麼用都行，還可以聽聽用火爐的人說故事。

猶布說完給雞掛草環的全部經過，鍋子已經飄出菜肉香。

「請你吃，肚子飽飽，腳就好得快。」拿開「噗嗤」「噗嗤」跳掀的鍋蓋，猶布舀一大碗請葛魯，自己也端著好料坐下來。

駝背葛魯皺皺鼻子，深深吸幾口香氣，很認真的回答猶布：「敬你！」

葛魯捧著碗，向猶布舉高，點個頭，大聲說。

「敬你！」葛魯又向火爐舉碗點頭。

猶布很奇怪，為什麼要敬火爐？

「火爐會變出幸運的事兒。」葛魯笑嘻嘻，又吸一口香氣。

「嗯，好香，能請我吃幾口嗎？」突然冒出的聲音把猶布嚇一跳，是買走公雞王的小販莫迪，他來要回大公雞嗎？

看吧，火爐變出一個幸運的人！

把手上那碗好料遞過去，葛魯笑哈哈：「火爐會把幸運帶給你。」

肚子餓的莫迪，嘴巴張開就吃，美味可口、熱騰騰的食物讓他心情轉好，大聲說起自己的遭遇：「……我已經把大公雞變不見，想再變出一頓晚餐，果然就看到這裡有鍋食物……」

這種魔術聽起來不夠精采，但莫迪覺得這樣說比較不丟臉，而且沒騙人。

瓦滴

　　葛魯拍拍肚子，暖暖飽飽，感到兩腿有力，也許明天就可以站起來。

　　猶布想起自己的烤蛋，「嘿，它還能吃嗎？」黑黑的土塊烤得四分五裂，蛋殼剝開看，還是香，白白嫩嫩。

　　「請你。」猶布告訴莫迪：「幸運會跟著你。」喔，大公雞跑掉了絕對不是火爐變的。

　　吃下幸運的烤蛋，雞販莫迪騎上車大聲說：「謝啦。只要沒有任何東西變不見，就是最大的幸運啦！」

6. 山羌有條河

「你會把我的腳痛變不見吧？」

駝背葛魯笑嘻嘻，拍一下火爐，這樣問，像跟老朋友說話。

全身飽飽暖暖，葛魯想睡了。雞販莫迪騎車回城裡，猶布收好鍋碗瓢盆回家去，現在剩他一個人，夜黑又靜，適合安穩睡一覺，但是他不想爬進草棚，茅草棚內不會比火爐邊溫暖。

感謝瓦滴，把火爐放在最恰當的位置，離茅草棚有一個人躺下的空間，既不會燒著茅草，也能讓葛魯窩進去烤著火，整晚都不怕冷。

爐裡有一段木柴，夠燒到天亮，葛魯把剩下的木柴和雞蛋堆在火爐邊，「需要的話請自己動手。」他跟周圍空氣說。

躺下來，腳貼靠火爐，葛魯很快睡出呼呼喔喔的鼾聲。

他的腳，被一隻受驚嚇的大山羌衝撞，碰上石頭和樹幹，扭了腳又擦破皮肉，發炎腫成小豬頭，草藥裹上好幾天了，傷口到今天才消腫，痛卻沒減少。這一整天曬太陽、烤火爐，熱把他破了的皮肉撫平拉攏，結成疤，筋骨裡的痛，隨著身體暖和、血流順暢，慢慢也被光和熱揪出體外。

大山羌被蛇嚇到，亂竄猛跳，把葛魯撞倒受傷。現在，大山羌來看望葛魯，嘴裡咬著一棵草，放到葛魯面前。

「好傢伙，這要送我嗎？」葛魯問山羌，牠低頭像狗那樣伸舌來舔，葛魯聞到水流和青草氣味。

「你去玩水啦？怎麼不帶我去？」開玩笑的話，山羌聽懂也當真，跪趴在葛魯身邊。

「別傻了，我會壓扁你。」葛魯閉眼睛想睡，一翻身卻趴到山羌背上，「嗄！」他看看自己，像一隻小貓崽！

山羌把他載到小河邊，順草叢滾入河裡泡水，有魚，朝他傷口「啵啵」吸吮。

「喂，你們肚子餓嗎？我這可不是石頭或苔蘚。」話這麼說，可是葛魯笑哈哈，游泳、泡水、被魚吻，這些事他平常都辦不到欸。

踢踢、抬抬，被魚搔癢了的腳忍不住亂動，葛魯就在河裡翻滾。大山羌跳上岸，丟下一大叢草，葛魯伸手沒接著，水流把草沖向腳邊，他兩腳勾住，磨磨蹭蹭刷在傷口上，山羌吠了兩三聲，似乎替他喊：「痛快！」「舒服！」

「汪汪」「汪汪」，葛魯注意聽，山羌怎麼叫出狗吠呢？再要去看山羌，唷，烏漆漆一片夜暗，自己睡在地上，剛才只是作夢，再聽，狗叫聲遠遠的，空氣涼得他以為在游泳，該起來添柴了！

謝天謝地，葛魯的兩隻腳，燒柴一樣塞在爐子，烘得熱呼呼，柴灰蓋在腳板上，像烤地瓜芋頭，抽腳出來看，都快烤熟了！

「如果香香的，那更好。」他開自己玩笑。葛魯抬抬腳，伸直後又睡，暖呼呼的腳板讓他舒服極了，連夢也是快樂的。

吃飽睡好心情愉快，葛魯的腳不久可以踩可以走了，他往山腳下去摘野菜和草藥。可惜剛治好的腳沒勁，走到草叢就喊：「停！不能再走了！」

駝背葛魯嘆口氣：「怎麼，我連蝸牛都當不成啊。」同樣是背扛一座山，蝸牛可以走個不停，自己這雙腳卻不肯加油！

他就地坐下來，感覺屁股溼溼，忙起身檢查。咳，草下是灘水。

「老兄，你怎麼帶我停在這裡！」

還要再嘮叨他的腳，旁邊「轟」的砸落一段臂膀粗的枯樹幹，掉入草堆裡竟噴濺起水花，把他洗得一身溼。

這麼多水？

不相信的又撥開草堆查看，葛魯先看到水裡有魚，接著從水中倒影看到黃色身影，嘿，山羌躲在草後看著他。

「好傢伙，你真的有條河！」

喔，葛魯愣愣看著斷木和水流，他沒被砸傷，也沒被打昏，更沒跌進被草遮掩的河裡，都因為他的腳。

瓦滴

「哈，老兄，你怎麼知道讓我停在這裡！」他朝雙腳又摸又拍，笑開嘴。

「幸運的腳！」葛魯很歡喜。雖然還沒有找到食物，但是那雙腳帶他走進山羌的祕密，別人可沒有這種福氣。

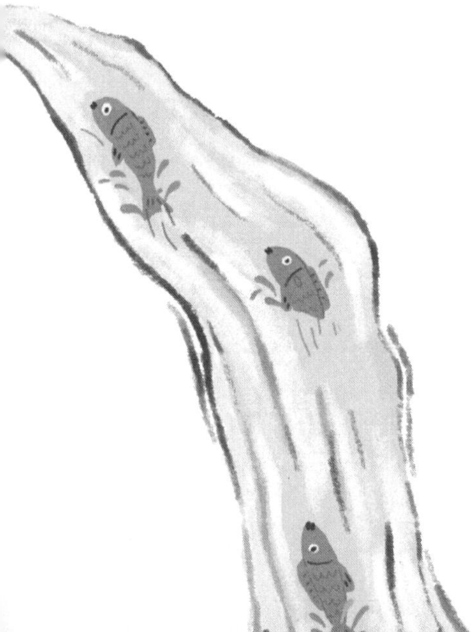

7. 神仙的祕密

「你的火爐是個好東西。」到山上找瓦滴，葛魯見面就說。

「你的火爐。」瓦滴提醒葛魯：「跟你的腳一樣，都是你的。」

瓦滴正在整地，需要有隻腳幫忙踩下木桿，撬掀一塊大石頭，他才好拔除底下的雜木。

「可以借用你的腳嗎？」

葛魯搖搖手，「這多麻煩呀。」他一屁股坐在石頭前，腳抵住石頭蹬踹，比人身體大的石頭被移開了。

瓦滴

葛魯的腳受傷前是出名的鐵腿，有力、強壯，許多人找葛魯去當挑伕。受傷到現在，他都沒有工作，不過，只要腳完全恢復，很快就會有機會。

「謝謝，你的腳是好東西！」瓦滴稱讚葛魯。

送走這個駝背鐵腿，瓦滴一邊搬開雜木、石塊，一邊說故事。

「駝背的挑伕帶著跳舞先生去爬山。跳舞先生叫什麼呢？尤旦，替我想一想。」瓦滴跟腦子裡的隱形朋友說話。

麻宿！走路像跳舞，輕盈蹦跳的城裡人，有個怪名字叫麻宿，想要到山上找跳舞的神仙，教他一支神仙的舞。

麻宿要挑伕帶他進山，一路要求往最高、最險、最陡的山頂走。挑伕丟掉擔子，改用背扛行李，讓它們穩穩坐在駝起的背上，大步大步走在前頭，麻宿跟在後面，看不到挑伕，只有自己的行李在眼前跳舞。

來到山頂，挑伕替麻宿按摩雙腳，問：「你要在這裡跳舞嗎？」

可憐的跳舞先生，累得只能動眼睛、動腦筋，連張嘴舉手的力氣都沒了，他還是想跳舞。

麻宿眨眼皮，用眼睛回答：「是。」

「你一路上看到的還不夠嗎？別貪心了！」駝背的挑伕拍打麻宿的手和腳，好像勸說又好像教訓。

麻宿聽不懂，「我要神仙教我跳舞。」挑伕的按摩讓他又有精力說話了。

「神仙的舞早就跳過好幾遍，你不是把腳都跳癱了嗎？」

這是挑伕的聲音，但麻宿眼前的駝背高聳成另一座山，有隻花臉兒麻雀在那上面跳舞，用翅膀、用頭和脖子、用腳，不停旋繞扭轉、跳躍攀爬。跳舞先生看呆了，牢牢記住花臉麻雀的動作，大氣也不敢喘，更沒空去想挑伕說什麼。

一直到他眼皮發痠，不得不用手揉揉，把脖子轉轉，肩膀動動，再眨眨擠擠兩眼後，花臉麻雀飛走了，跳舞先生才歡喜的喊：「好，我們回去。」

故事說到這裡，尤旦突然打岔：「喂，發生什麼事？」

喔，地上出現一個大窟窿，好像藏著許多祕密！瓦滴腦子裡跳出一堆猜想，差點擠破跳舞先生的故事。

「別急，尤旦，我要先把跳舞先生送回家。」心口跳得很快，瓦滴感覺呼吸有點急促，不過，他繼續說下去。

帶路的挑佚站起身，麻宿發現天空被駝背頂高兩尺，跟著，他又發現自己在跳舞，挑佚也是，跳花臉麻雀教的舞，把天空越跳越高。

原來，他們已經一路跳到山下了。麻宿要求摸摸挑佚的背，他猜，挑佚駝起的背其實是座山，給神仙跳舞用的。

瓦滴踮起腳尖轉圈，再伸手朝前方空氣摸摸，睜大眼睛滿臉驚訝的說：

麻宿的手才伸出去，挑佚的背立刻變成咯咯咯叫的公雞，飛不見了。

天空打了一個噴嚏，雷聲很響，掏挖麻宿的兩耳，跟麻宿說：「那是神仙的祕密，神仙保護駝背，神仙教你跳舞，但是神仙的祕密不可以碰。」

雷聲在天上滾了一陣，麻宿摀住耳朵，直到他忘記公雞，忘記駝背和山的事。挑佚把行李還給麻宿時，這個跳舞先生只記得要謝謝挑佚的細心照顧。

瓦滴說完故事，大大呼口氣，打算休息了。可是，尤曰吵著他：「你說，你說，那公雞怎麼飛不見了？」

喔，瓦滴笑哈哈，這是個好問題，「我想想看……」公雞是神仙變的，回到他原來的地方去啦，也許，地上的大窟窿就躲著那變不見的公雞唷。

8. 莫迪的好運

「好運」這回事，比路上飛的風還難捉摸。

住在城裡賣雞的小販莫迪，騎著老舊單車，背後方方大大的載物架上，有一竹籠子的雞隻，準備送去市場。

風很大，起先莫迪頂著風騎，風打他的臉和手腳，他吃力的踩踏板。彎過一個街角後，風從左側呼嘩呼嘩推，車子抖抖歪歪，莫迪努力穩住手把，小心利用風休息的短暫時間，騰出一隻手扶正雞籠子。

可能時間沒算準，或是風故意要作對，莫迪在彎過第二個轉角前，伸手扶籠子時，被風猛力呼嘯推撞。慘了，單手握不穩，車子斜倒，手抓著雞籠摔下來，莫迪放開車先抱穩雞籠，等風跑掉後再騎上車。

雞都在籠子裡，一隻也沒跑掉；車子在地上，還能騎。莫迪想：這就是運氣，只要沒有什麼東西不見了，那就是好運。

順利把雞送到肉攤，收了錢，莫迪快樂回家。老婆一大早就跟他吵，想要買漂亮的碗來裝雞蛋，放櫃子上。這是小事，可惜莫迪口袋沒有錢，家裡也沒有雞蛋，而且，雞蛋應該放進鍋裡作菜，要不就烤來吃，何必擺起來看！

「去吧，買你要的漂亮碗和雞蛋。」把錢交給老婆，看著她凶巴巴惡狠狠的眼神變成水汪汪亮晶晶，莫迪眉開眼笑，吹起口哨又騎上老爺車出門。老婆可愛的臉沒有變不見，這也是好運。

剛才捉弄他的風已經停了，陽光很溫暖，莫迪聽見老爺車「喀啦，喀啦」，很開心的唱歌，可是，歌聲不是踏板和鏈條唱的，在他背後，方方大大的載物架響亮發聲：「喀啦、喀啦」「叩叩、咖咖」。

回頭看，莫迪嚇一跳，忙停車。

載物的鐵架鬆脫了，這不嚴重，拴緊釘子就行，可是，上面竟然站著一隻金黃色大公雞，紅通通雞冠和肉垂舉得老高，神氣地踩在鐵架上跳舞，載物架才會「叩咯、喀啦」唱個不停。

莫迪很確定，這不是他前天花大錢買下，卻飛不見的那隻公雞王。看著雞，他困惑的四周張望，又抬頭看天，美妙的東西突然出現，會是好運嗎？

跳舞的公雞不怕人，穩穩站在莫迪面前，鐵架唱歌的節拍給了他一個主意：「我載你去兜風！」

也許雞會飛走，或是雞的主人看見來要回去，那都無所謂，莫迪騎上老爺車，直直往前踏。

踩踏板的腳漸漸有點累，後載太重了！莫迪回頭看，嚇一跳，急忙又停車。

公雞還在跳舞，可是體型更大，像一個小娃娃站在他背後，老爺車「喀——啦，叩——咯」，唱得斷斷續續，快啞了。

怎麼辦？要請公雞變不見嗎？莫迪想一想：「我送你去好地方。」跟雞群在一塊兒應該不錯吧！

用力踩，身體向前，屁股抬高，莫迪往猶布家騎去。

來到郊外，老爺車的歌聲換了腔，莫迪回頭看，不敢相信的跳下車發呆。

一隻公雞怎麼變成一隻山羌呢？

是不是不想去猶布家？

山羌同樣不怕人，伏臥在鐵架上，安靜沒聲音，換成鏈條跟齒輪蓋一路唱歌給莫迪聽。

「喂，這隻山羌要賣嗎？」路邊喊他的是工廠老闆，莫迪搖搖手，告訴老闆：「如果你肯載牠去兜風，就送你吧。」

老闆的鐵牛車上堆著許多機器，髒兮兮，山羌被抱到機器中間，不能臥只能站，被鐵牛車「噗噗、噗噗」載走了。

「為什麼你不要一隻公雞？不要一隻山羌？不把好運留下來？」回到家，老婆雙手插腰瞪著眼問。她已經聽說了老闆的事。

莫迪笑嘻嘻回答：「我還是有好運啊！」

山羌從鐵牛車上變不見，換成一隻大公雞，老闆將公雞和機器綁在一起，誰知大公雞啄壞了機器，老闆解了繩子對著雞開罵，不料，一陣風來，公雞拍翅膀「咯咯咯」，跟著風跑啦。

「還好，沒有什麼東西從我眼前變不見！」莫迪很高興。

9. 摸到什麼啦

因為要收集柴草，少年伍紹到處走，看見高大的樹就設法上去爬一爬。

他只是個十三、四歲的小夥子，還想玩，滿腦子想冒險。

被一群猴子欺負，是伍紹冒險的開始。

先是一隻猴子從樹葉裡探出頭，伍紹沒在意，跟著又出現一隻猴子，伸手抓他的東西。

「嘿，別鬧，這不行。」伍紹將整捆麻繩套在身上，猴子張嘴露齒笑，忽然七八隻猴子同時鑽出來，前後左右圍住抓他。

伍紹往上爬高，猴子不客氣抓他的褲管，拉他的腰帶。渴望冒險的少年伍紹，最後丟了褲子也丟了繩子，光著腿腳驚慌爬下樹。

「喂，東西還我！」他從氣呼呼的喊，到哭喪臉哀求：「還給我啦，好不好？」

樹上一點回應也沒有。

路過的瓦滴帶他找到那一群猴子，和牠們比手畫腳，又「唏唏、嗤嗤」說了許多話，猴子才拿出褲子和繩子。

「你跟猴子說什麼？」伍紹很好奇。

「我用故事和猴子交換東西，牠們還說歡迎你再來。」

拿樹葉遮內褲的伍紹，被猴子看作山裡的動物了。

那以後，伍紹知道要先改變裝扮再爬樹。樹上有鳥巢、鳥蛋，還有剛孵出、閉著眼沒穿衣服的鳥寶寶。

曾經，他把蜂窩誤作鳥巢，湊臉去瞧，整團蜜蜂要螫他，幸好身上有樹枝樹葉，揮揮甩甩往旁邊丟，蜜蜂就被引開了。

他也遇到螞蟻大搬家，腳踩在螞蟻窩，還差點被鑽入鼻孔、耳朵。

膽子玩大了，伍紹覺得這些都不夠刺激，他期待更可怕的冒險。

有一回，伍紹發現一個高高的山洞，兩隻老鷹從洞裡飛出，停在另一棵大樹上。他心裡砰砰跳，腦子嗡嗡響：大樹和老鷹，他作夢見到過！

記好位置，伍紹急匆匆找到大樹，仰頭看，樹很高，後腦貼著背都見不著頂。

他俐落地爬上樹，平伸的枝條一層一層，剛好讓他踏腳蹬身。到底有多少層？他數亂了，旋轉身從枝條縫鑽過再往上，真的有個大鳥巢，掛在倒數第二層。夢裡也是這樣！

伍紹興奮極了，因為鳥巢裡有蛋，而且是發光的金紅色，天哪，就像夢裡頭仙鳥的蛋！

於是，伍紹伸手把每個蛋翻面，一個，兩個……直到最後一個，那個蛋忽然動了，從圓形變橢圓，再拉開成長條形。

什麼？那不是蛋，是金紅色的蛇！

嚇壞了的伍紹慌張張爬下樹，他爬得快，可是蛇更快，「趴」「趴」落在每一層枝條上，爬向主幹要找伍紹。

這可不是做夢，不使勁加快就會沒命的！伍紹頭皮發麻，呼吸快停了，手抓下、腳踩斷的枝條，「唰唰」「啪啪」一路替他尖叫。

蛇咬過來時，伍紹身體一矮一縮，旋到樹幹後往下溜，可是另一條蛇已經等在他腳下了。伍紹抱緊樹幹全身貼上去，發抖，發抖，整棵樹都被他抖得「窸窣」震。

風突然颳向樹幹，枝條張牙舞爪不給人站，伍紹感覺喉嚨裡有個石頭鼕鼕跳。事情發生得這麼快，兩隻老鷹各叼著一條蛇，在他周圍拍翅飛，掀起狂風要抓他，另外的蛇都被抓回巢了嗎？

情急之下，伍紹批哩啪啦說話，說火爐給的仙鳥蛋故事，說自己被猴子脫褲子的故事，說剛才給蛇翻身的事。一手抱樹幹一手比畫，伍紹說得很急很快很大聲，兩眼張得比鷹眼還要大。

「好吧，放你走。」「記住，不要偷食物。」老鷹飛向樹頂，伍紹從牠們眼裡看出這兩句話。

老鷹不是仙鳥，蛇也不是蛋；火爐給的夢教他摸仙鳥蛋，他卻摸到老鷹的食物！現在，伍紹終於嘗到冒險的滋味啦。

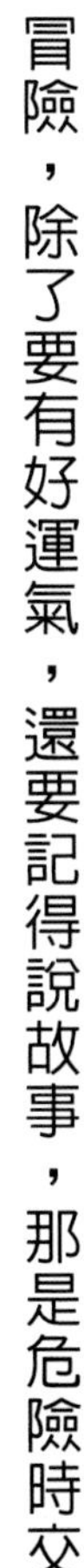

冒險，除了要有好運氣，還要記得說故事，那是危險時交換運氣的寶物！

10. 葛魯的新工作

打零工的葛魯今天有新工作：猶布找他去照顧雞群。

「你是個幸運的人，把你的好運氣分享給這些雞，牠們會長得很健康。」猶布老實說。

「你還是找那個火爐吧！」葛魯開玩笑：「只要把每隻雞都放進火爐烤一烤，像我的腳那樣，病痛都沒了。」

烤雞？猶布搖手搖頭，這跟他想的不一樣。迷信運氣的他，養雞像養孩子，卻也知道怎樣才是對雞兒好。

「我要牠們學飛！你盯著，別讓哪隻雞偷懶納涼，一定要趕牠們跑、跳、拍翅飛。」正經嚴肅的說明工作內容，猶布帶葛魯走到雞群裡。

葛魯笑嘻嘻，問猶布：「要怎麼把雞放出去又叫回來？」雞若真能飛了，還會回來嗎？

「我當然有辦法讓牠們聽話。你只要往路旁空地走，叫牠們不停的動翅膀動腳就行。」

這比當捆工扛重搬貨要輕鬆，葛魯於是改當雞農。

走路練腳力、看風景，雞群跟在他前後左右走，有時得伸手揮、抬腿撥、開口喊，葛魯一路上跳舞唱歌。

按照主人的方法，葛魯把每隻雞都朝雞冠和肉垂捏捏，按按雞脖子，左右各拍兩下雞翅膀，摸摸雞腳骨，再整隻抱起來往前拋送，同時要記得說：「飛吧，猶布的孩子。」

什麼怪招！

等一大群雞兒都送飛後，葛魯直起腰看看。雞飛不遠，著地後有的咕咕踱步，有的窩在地上，有的互相追啄噗跳。想要讓每隻雞都不停的動，難欸。

拍拍腿，葛魯大步走，路旁撿兩根細竹枝揮趕。雞兒們果然很聽話，叫飛就飛、喊跳就跳，葛魯於是嚷：「猶布的孩子，都到我前面去。」

嘓嘓喔喔、噗噗啪啪，全部的雞一下子衝高飛跳都向前，隔著老遠停下來等葛魯。

快步走向雞群，葛魯笑嘻嘻，跟這群聰明的雞玩在一起，運氣要加倍才行。

細竹枝再甩，他又喊：「猶布的孩子，都到樹上去。」

立刻，啪啪噗噗、喔喔嘓嘓一陣騷動，雞群越過葛魯頭頂、肩膀，瘋狂向前飛。

有一隻墜落在葛魯的駝背上，「你體力不好！」葛魯抓下這隻黃花雞，朝牠張口哈氣，再將牠拋送出去。

黃花雞神勇的飛入伙伴中，不過，飛上樹的雞群又慌慌落下地，樹上有蛇！葛魯趕快拐彎兒跑，一邊喊：「快點，到我前面來。」

想一想：自己這雙腳最幸運，於是，葛魯站進大水窪，又叫：「都到我前面來。」

聽話的雞群飛累了，只能匆匆跑步，看到水，怕得再鼓拍翅膀，可是沒勁兒，紛紛落在水裡，踩著水驚慌竄跳。水花四濺，每隻都淋溼了，也把葛魯潑得溼泠泠。

行啦，好運跟著水都沾到雞身上，葛魯揮細竹枝趕著雞群離開水，再找來一根大樹幹，喊：「猶布的孩子，都到上面來。」

哇，飛呀跳呀，雞羽毛甩出一堆水，擠疊在樹幹上挨挨蹭蹭。扛著一樹的雞悠哉走在太陽下，葛魯不時放下樹幹揮晃：「飛吧，猶布的孩子。」

飛起又落回樹幹，體力差的只能落下地再飛，雞群就繞著樹幹玩大風吹，挺開心的。

空中有老鷹盤旋，正要來抓雞！葛魯趕快喊：「猶布的孩子，到我後面去！」

山路邊一個洞，雞群躲進去，喔喔啼咯咯叫，葛魯問老鷹：「嘿，你想欺負駝背的母雞嗎？」

老鷹飛走後，葛魯喊：「猶布的孩子，都到外面來。」這回沒反應，他只好進洞去。

雞群低頭啄得很起勁，葛魯看一眼忙跳腳退出來，一窩蜈蚣把牠們迷住了，這下怎麼辦？

「吃飯囉，猶布的孩子。」

聽見猶布的聲音，雞群飛出洞，努力拍翅膀。

看著一群雞高高低低飛衝過來，猶布嚇一跳：「喂，猶布的孩子真能飛呀？」

「那當然」，葛魯很得意：「我的工作就是讓牠們飛。」

11. 火爐出租

方方高高的火爐，立在葛魯草棚外，新奇的造型是個活招牌，村子的人都來問東問西。

火爐會說故事，很動聽；火爐能烤蛋、煮東西，很美味；火爐會變出幸運的事，很神奇……伍紹這樣說，猶布這樣說，連住在城裡的莫迪也這樣說，信跟不信的人就都想試用看看。

葛魯大方出租火爐，他負責把火爐扛送到租的人家裡，說好時間再來收回火爐，隨人家怎麼運用都行，付錢或給東西都可以。

算一算，他收到過的東西各式各樣：幾條地瓜、幾支番麥、一碗米、一條毯子、一鍋豆粥、一個石碗、一條粗麻繩、一串香蕉、一籃子蛋、一簍柴火……都很好，葛魯靠這些過日子，沒餓著。

火爐已經住過很多地方，每個家庭都有不同的氣味，每間屋子也有不同的擺設，家人間的許多說話、歡笑，都進入火爐的夢裡。說實在，沒有哪個人比火爐更幸福啦。

遇到以陸，火爐多了另一種功用，這讓它的生活和記錄更快樂豐富。

以陸租火爐，不拿來煮吃的或烘烤用，他把火爐放在屋子正中間，老婆把一盆一盆的蘭花放進爐子上層，孩子把自己的圖畫貼在爐子周邊，全家人圍著火爐，很認真的默唸自己的心願。

以陸在山裡尋找野生蘭花回家栽種，和老婆用心培育，希望每盆蘭花都健康，順利抽長出花芽。

對著火爐，以陸說：「幸運的神，請讓我們的蘭花都沾上好運。」

也難怪，冒著生命危險採摘到的苗株，品種很特殊而且就只有這麼幾棵，以陸巴望能靠它們發財。

「幸運的神，請叫醒這些蘭花，別讓它們一直睡覺。」養了一兩個月，還沒看到新芽或新根，以陸的老婆希望花苗別出問題。

「火爐神，我的圖畫要參加比賽，希望能得獎，請你幫幫忙。」孩子低頭閉上眼跟火爐說話。

如果能得到畫筆、顏料或是畫冊、畫架，那都很好，「我可以到處去畫，你知道嗎？畫畫很快樂……」

聽到這些話，火爐很意外。這一家人把火爐當作神，想要求好運，實在太有創意了！

全家人圍著火爐興奮交談，訴說心願，屋子裡一個高高火爐長著青翠綠意，像一個大花盆，很美麗很溫馨，他們就這麼快樂的睡在火爐邊。

趁他們睡覺時，火爐送出美麗的夢：蘭花長在水氣瀰漫的山泉下石壁中，葉片裡開出雪白花片，當中一舌豔紫，是全新品種！圖畫裡的樹木多了歪斜枝條和暗綠色彩，姿態格外生動豐富。

一切幸運都藏在夢裡！

睡醒後，孩子修改圖畫，依著夢中那樣，果然看出自己期待的效果。以陸和老婆夢見蘭花開，以為心願會成真，整天盯著花盆，可是直到葛魯來收回火爐，花盆都拿出了，仍不見花株有什麼動靜。

送走火爐後，以陸有了新念頭：把樹木花草種在屋裡，作根柱子。

「這樣會有好運嗎？」老婆問他。

「不會發財，但我們家會很美，很幸福，這就是好運。」以陸起勁忙著。

看來，他從火爐送的夢裡，得到的是那種優雅美好的感覺，這個人其實不在乎賺錢。

葛魯收到的租金很特別，是一個木頭玩具：以陸雕鑿木頭作成小孩兒的身體頭臉，老婆手工縫製衣褲帽子給木頭人兒穿上，孩子編織草莖做出鞋襪背包套在玩偶身上腳上。全家人合作的精巧可愛木偶，有歪頭微笑的幸福神態，不是實用的錢或米糧食物，卻讓葛魯笑呵呵。

嘿，太美妙了，送一個幸福娃娃！

「意外的幸運。」拍拍自己雙腿，葛魯有了更創意的念頭。

出租火爐總是帶來驚喜，葛魯開火爐的玩笑：「我跟著你去流浪吧。」把自己出租，生活一定很精采喔。

12. 米莉和烏里娃娃

葛魯把木娃娃交給瓦滴：「你的故事會用得著。」瓦滴接過娃娃塞入背包裡，「謝謝，這是個好東西。」小小一個玩具，什麼樣的故事會用得著呢？

幫老媽媽塔伊買醋時，瓦滴聽到米釀婆婆說起米莉不肯走出屋子的事。

米釀婆婆去城裡賣醬醋，在市場見到她，五歲多一些的女孩，沒有親人，髒兮兮窩在陰暗水溝邊哭。問市場裡的人，沒人肯收留，都叫婆婆帶回家。米釀婆婆把她帶回村子，留在家裡當孫女兒照顧，順口叫她米莉。

替她洗乾淨身體頭髮，換穿乾淨衣服，又梳整髮辮，米莉就只是抽噎掉淚，不會說謝謝不會笑，很怕人靠近。

米釀婆婆和爺爺耐心哄，米莉都不肯走出屋子。

「不曬太陽對身體不好唷。」婆婆和爺爺輪流說：「曬太陽才會長得快呀。」

眼睛小小，鼻子圓圓一團，嘴巴大大卻緊閉，頭髮稀疏乾黃，手腳細瘦皮膚蒼白的米莉，只肯在門邊瞄一下白亮的天空，或靠近窗戶，看太陽走過樹葉花草的光影。

多奇怪的小女孩！

米釀婆婆嘆口氣：「我猜，她怕出來就回不去，她只是想要有個家。」

瓦滴

看著米莉，瓦滴問她：「你喜歡聽故事嗎？」小女孩縮起手腳躲到椅子後，沒回答。

瓦滴腦子裡跳出故事，他坐到婆婆屋門外，大聲說：

貝兒女孩在屋外曬太陽，看到一隻大山豬跑進她家菜園，伸長嘴巴咬園子裡的菜。

她跑回屋子找爸爸，爸爸不在家；她找媽媽，媽媽不在家。屋子空空的，只有她的烏里娃娃坐在床上。

山豬已經咬爛好幾棵菠菜，那是她愛吃的菜，媽媽煮麵一定要放幾棵。現在，菠菜麵被山豬咬壞了。

「走開！」貝兒女孩在屋裡喊，聲音小小的。

瓦滴感覺身旁有個影子，是米莉，她站在門邊聽故事。跟著米釀婆婆走到屋子後頭，拿了醋，瓦滴繼續說故事：

山豬開始搗蛋，走來走去隨便咬，高麗菜被踩破啃爛一大堆，那是爸爸要送去市場賣的菜，現在，不能賺到錢了。「走開，你趕快走開！」貝兒女孩很害怕，但是她鼓起勇氣叫，可惜聲音太小，只有自己聽到。

貝兒女孩抱起烏里娃娃綁在頭上，找出媽媽的花被單披在身上，又戴起爸爸做的老虎面具，用力拿起鋤頭，來到菜園。

「走開！」「出去！」「不准來！」躲在豆棚後面，貝兒女孩大聲說，可是山豬沒聽到，太小聲了。

背起醋罐子，瓦滴陪米釀婆婆坐到院子樹下曬太陽，故事還沒完喔。米莉不知不覺踏出屋門，靠近瓦滴，想聽清楚他又說了什麼。

現在，山豬又去咬南瓜，再不快點趕走山豬，好吃的南瓜烤餅也沒得吃了。

貝兒女孩一邊發抖一邊走出豆棚，舉著鋤頭搖搖晃晃用力叫：「喂，出——去——」

又尖又亮的聲音讓山豬停下來，看到比自己高的兩個頭怪物，山豬「厚」「厚」叫，想要衝上前。貝兒女孩也嚇得胡亂吼：「啊——」「走開！」「出去！」她跺腳，舞動鋤頭，烏里娃娃在她頭上歪歪倒倒，幫著揮手轉身，好像要跳向山豬咬一口！

山豬不敢跟怪物打鬥，慌忙跑出菜園，勇敢的烏里娃娃，幫助貝兒女孩趕走可怕的大山豬了。

米釀婆婆笑起來：「好故事，貝兒女孩很勇敢。」順手拉過米莉抱在懷裡。呵呵，米莉也很勇敢，走到屋子外。

瓦滴拿出木頭娃娃：「來，送你一個玩伴。」

看到木娃娃，米莉睜大眼睛急著伸手：「這是烏里娃娃嗎？」咦，她開口說話啦。

瓦滴想一想：「這是貝兒娃娃，不是屋裡娃娃。」

瓦滴隨口唱起歌：「貝兒女孩到屋外曬太陽，想要長得快。大山豬跑過來，在菜園裡使壞。貝兒女孩勇敢去救她家的菜……」

瓦滴

緊緊抱著娃娃，米莉吃吃笑，臉上有了光彩，呀，她其實很可愛哩。

13. 地上的窟窿

整地時，瓦滴發現地面一個大窟窿，他擱著沒去碰。隔了幾天，老媽媽塔伊做好一甕皮蛋，需要挖個地洞藏放，瓦滴立刻想到這個現成的洞。

他腦子裡的隱形朋友尤旦，非常清楚瓦滴對窟窿的想像：

蝸蟻住在地裡面，大雨來，水灌進牠們的洞裡，螞蟻們逃離開。雨停後，蜈蚣、馬陸、蚰蚓也爬出來躲水災，地底下的很多巢窩都空了。

一隻泥鰍順著水躺進爛泥，不斷往下鑽，把螞蟻、蜈蚣、馬陸、蚯蚓的窩和洞，全部打通，成了一個大窟窿。

蛇聞著泥鰍的味道，找進這窟窿，盤捲身體不走了。泥鰍慌張的鑽出去，被蛇吞下肚，牠敲蛇肚子喊：「張開你的嘴，神仙要送禮物給你。」

蛇真的打開大口，泥鰍跳出來，在蛇脖子下刷撓，蛇立刻鬆開身體拉直成一條虹，穿出地面飛向天空。泥鰍來不及拉住虹，沒法跟著離開泥土，只能繼續躲在窟窿裡。

太陽曬了幾天，水乾了，爛泥變硬，泥鰍逃出來，被大公雞碰見，抓起泥鰍飛到河邊草堆放下來。

「我跟你換個家。」大公雞對泥鰍說。

回到大窟窿，用樹枝雜草蓋住洞口，大公雞把自己藏進裡面去。

「嘿，牠要做什麼？」尤旦問瓦滴。

「跳舞。」瓦滴想得很美妙：「大公雞要跳舞，跳舞的大公雞才能夠變魔術，這是祕密。」

「既然大窟窿藏了一隻大公雞，怎麼還能夠當做塔伊的地窖，放進一甕皮蛋呢？」尤旦又問他。

「沒關係，我先看看。」瓦滴趴在地上，先朝洞口喊：「對不起，請讓我進去，瓦滴謝謝你。」等了一會兒，窟窿裡靜悄悄，瓦滴放心動手。

拿棍子往洞裡掏攪，喔，比他想像的還要大些，沒動物跑出來，公雞已經變完魔術離開了。

瓦滴把洞口挖大讓陽光進出，整個人接著站進去，腳先踩到粗大樹根，他左右找找，看不出這附近有哪棵樹會伸出這麼壯的腳。「在地底下走路的樹」，瓦滴腦子裡又跳出一個故事。他決定另外找地方挖洞，放媽媽的皮蛋甕。

「為什麼？」尤旦問他。

瓦滴也說不出道理，只是覺得樹根還會長大，「好吃的皮蛋不能變成擋路的石頭。」他這樣想。

隨手把幾條地瓜放進窟窿，謝謝樹根後，瓦滴回家，在屋旁挖洞，一邊說故事：「樹在地底下走路……」

老媽媽塔伊聽著故事打盹，兒子要替她的皮蛋甕做個窩，再過幾個月就有好吃的皮蛋粥可以吃，塔伊歡喜的為瓦滴拍手：「很好很好，伊拉的腳不但在地底下走路，還會搬東西。」

瓦滴笑起來，媽媽把樹根叫做「伊拉的腳」，太有趣啦。

「而且，伊拉的腳會把東西放在它經過的每一個洞……」塔伊看著兒子的笑容，開心又神祕的點點頭。

挖好一個洞，藏好皮蛋甕，瓦滴告訴媽媽：「我要再去看看那個窟窿。」

「伊拉的腳」會是個好故事，他要看著窟窿想內容。

腦子裡正要繼續的故事，被可怕的叫聲打斷了，是一隻山豬，頭卡在窟窿裡出不來，拼命扒掙，踢出一堆塵土。

憤怒嚎叫的傢伙，把瓦滴嚇一跳，這是怎麼回事？

「牠要吃地瓜，把頭伸進洞，吃完地瓜後，頭變胖了，現在只好努力動，等到把頭變小才出得來……」白頭翁聒拉聒拉叫了一串話。

「別急，別急。」他安慰自己和山豬。找來水澆溼洞口泥土，又拿樹枝幫忙挖，洞慢慢變大了，趁山豬滾出來前，瓦滴趕快躲遠去。

地上的大洞，用石頭壓住才安全，看著一身爛泥的山豬走開後，他擱下故事先往洞裡填土，卻發現樹根腳尖有一顆圓滾滾、大大黑石頭。

瓦滴搬動石頭，發覺那竟然是個罐子，罐口塞住了。這是大公雞變的魔術？還是媽媽沒說錯，「伊拉的腳」真的搬來東西放在洞裡？

14. 杜德家的罐子

地上的大洞在山豬跑走後出現一個罐子，這讓瓦滴很興奮：「是什麼人藏了金銀珠寶忘記拿走呢？」他抓抓頭，卻不知道該怎麼處理。

聽了瓦滴的發現，老媽媽安慰他：「不急不急，你帶我去看看那個罐子。」

清掉裹著的泥土，光線照出圖案，三道波浪環繞罐身，波浪上頭一朵菊花，波浪下面有圈圈交疊，像人勾著手。

這是舊時許多家族的習慣，在日常用具畫上家族圖案，像塔伊的皮蛋甕，就畫了一隻長許多角的鹿。

「米釀家是畫一束小米，猶布家畫大公雞，但是像以陸、伍紹、葛魯，他們已經不畫記號了。」塔伊向瓦滴解釋。

那麼，波浪、菊花和圓圈，是誰家的圖案呢？

「會是買沃家的東西嗎？」瓦滴想到山裡那個大家族。

「不是，買沃他們的圖案是一座大山。」塔伊很了解，買沃的祖父想有一座山。

「土麥他家呢？」曾經教瓦滴種玉米的土麥也有可能喔。

「不可能，土麥家用星星和月亮做記號。」

「種薑和筍的把務呢？」

「把務都畫太陽，他熱情得不得了。」塔伊笑起來。

瓦滴抓抓頭：「底克？」

見多識廣的塔伊還是搖頭：「養蜂的底克，家族圖案就是蜜蜂。」

猜了這些都不是，怎麼辦？

「你到山裡走一趟，問問大家吧。」塔伊拿條花包巾盤成墊子，讓瓦滴把黑色罐子頂在頭上。

走在山裡，瓦滴逢人就問：「你認得這圖案嗎？」「知道這是誰家的嗎？」

圖案很清楚，但是沒人認得。

山路高高低低，石頭樹根雜草很絆腳，瓦滴才小心跨過一個窪坑，下一步沒踏好，被顆石子滑歪了身。

踉蹌中罐子坐不穩，從頭上滾摔下來，幸虧瓦滴雙手接住，沒砸破。唉唷喂，還是用抱的比較牢靠。

瓦滴

繞過山後回轉來時，瓦滴停住腳。前面山溝得要攀樹藤盪過去，想一想，他拿花布巾把罐子綁在背上。雙手空出來後才發覺，臂膀酸哪，罐子不輕欸，裡頭一定裝了很多金子銀子。

山裡人家都問過了，也沒找到圖案的主人，瓦滴走向村子，找老一輩人問。好奇看熱鬧的人跟著他，想知道結果。

米釀婆婆帶著米莉想出門曬太陽，被瓦滴和人群攔下，膽小害羞的米莉立刻躲進屋裡不肯出來。

看到罐子，米釀婆婆眼睛瞇起，彎腰仔細數：「一、二、三、四、五，沒錯。」數完圈圈，鼻子湊近罐口聞：「錯不了，這是杜德家的東西。」

「杜德是我的外公。」米釀婆婆摸摸罐子：「他有五個兄弟，波浪和菊花是他們家的記號。」

既然是杜德家的東西，為什麼丟著不要呢？

「我只知道罐子是杜德家的。」笑呵呵的米釀說起故事：

我外公是老三，很會釀酒。他大哥二哥做醬和醋，老四醃蘿蔔乾和菜，老五專門做蜜餞，醃漬梅子李子。五個兄弟合夥做生意，事業不小。

杜德家在背後那座山，自從神仙用雷電打壞山裡的橋，他們就不再到這邊來。

那一年，杜德兄弟出門做生意，路上遇到大風雨，山倒路斷橋塌，他們跟樹商量，答應留下所有貨物，請求樹幫忙搭成橋，讓他們驚險爬出一條路。

逃回一命後，杜德兄弟曾經在山裡到處找，擔子還在，可是罐子滾散了，只找回幾個。

那以後，杜德家搬去遠地，重新做起釀造醃漬的生意，至於遺失的罐子，他們說：「就算了吧。」不想再找了。

喔，算一算，這東西藏窟窿裡該有五、六十年囉。瓦滴趕忙將罐子奉還給米釀婆婆，圍觀的人卻意猶未盡，還問：「這裡面是什麼？」大家等著答案不肯走。

米釀婆婆笑吟吟，請瓦滴幫忙打開罐子。罐口打開，每個鼻子立刻聞到一陣香，腦門暈暈欲醉，嘴舌嘖咂噓口水，到底是啥麼呀？

「聞者有份，都來嚐嚐。」米釀婆婆很得意也很豪氣，伸手掏出烏漆墨黑的條塊分給大家。

小心放進嘴裡，舌頭先吮吮，牙齒再輕輕咬下，嗯，有點兒軟，有點兒鹹，有點兒……

「蘿蔔乾！」瓦滴笑出來，媽媽塔伊最喜歡這種鹹甘味兒。

「是陳年老蘿蔔乾！」米釀婆婆糾正他，這一罐美味超過半百年紀了，「比你還老！」

哈哈，地上的窟窿果然藏著寶貝。

15. 伊拉的腳

老媽媽塔伊把樹根叫做「伊拉的腳」，瓦滴喜歡這名字，腦海中很快出現一個故事：

伊拉的腳在地底下走路，經過穿山甲的家，伊拉的腳伸進去，穿山甲嚇一跳，把自己捲成一個鐵甲球，擋住伊拉的腳。

伊拉的腳強壯有力，推著鐵甲球繼續往前，在地底下走路，停不下來。

穿山甲鬆開身體，用銳利的爪挖鑿泥土，很快擺脫伊拉的腳，爬出地面。

伊拉的腳走進螞蟻城堡，螞蟻們爬到伊拉的腳上。「很好很好，穿山甲已經離開，你們安全了。」伊拉的腳帶著螞蟻快樂出遊。

當伊拉的腳來到貓頭鷹的巢，發現三個白白圓圓的蛋，伊拉的腳很快轉個彎：「辛苦啦，祝福你，快孵出寶寶來。」

蛇睡得香甜，伊拉的腳走過都沒發覺；有隻蟬的幼蟲抱住伊拉的腳，打算吸吮樹根汁液。「這裡有螞蟻，你不怕嗎？」伊拉的腳邊問邊走。

地底下的石頭脾氣硬，不給過，伊拉的腳從石頭上下鑽出路，繼續走。

不停伸長，努力開路，伊拉的腳經過太陽的地窖，碰到一些罐子，它穿過地窖，把罐子也帶走。太陽兄弟為了找回罐子，跟隨伊拉的腳不斷挖窟窿，可是伊拉的腳到處轉彎，太陽兄弟找不回罐子，只在地上留下許多坑谷。

那些被依拉的腳帶走的罐子，有些碰到石頭破掉了，流出很燙的金色漿汁，伊拉的腳燙焦了，冒出的煙從地上都看得見。沒打破的罐子被伊拉的腳推到一旁，不敢再帶著走。

「我幫你醫腳吧。」睡在地底下的月亮，用冰冷銀光敷住伊拉的腳，那燙焦的樹皮不再冒煙，伊拉的腳於是又能繼續走路。

「太好了，謝謝你幫忙。」伊拉的腳為月亮找到一窪水池做鏡子，月亮跳到天上，從水池中照見自己，笑得很開心。

有條蘿蔔貪玩，隨著伊拉的腳在地底下鑽，越長越深。種蘿蔔的主人請人幫忙，七八個壯漢合力都拔不起來。「算了，送給伊拉的腳做食物吧。」主人趴在地上大方的說。

可是，貪玩蘿蔔還沒被伊拉的腳啃咬，就先老了乾了，因為貪玩蘿蔔鑽破太陽兄弟的罐子，噴發的高熱金光把蘿蔔照曬成乾扁出油的皺皮黑塊，再也走不動啦。

伊拉的腳頂起泥土塊，讓地面的水和涼空氣流進地底，希望貪玩蘿蔔恢復白嫩豐潤。山羊來咬蘿蔔葉，嚼一嚼，走了。山豬聞到蘿蔔香，鼻子嘴巴撓撓拱拱，探入泥土下，咬著貪玩蘿蔔。拉出來一看，山豬嚇跑了，黑油皺乾的東西，雖然香，長相卻奇怪，恐怕吃下去會鬧肚子痛！

走了那麼久，伊拉的腳來到人的家屋。它停下來，聽著媽媽唱歌，搖籃裡的娃娃正要睡，眼睛還睜大看著媽媽。

媽媽微微笑，輕輕唱：「夜靜靜的睡了，月亮把她的柔情，悄悄地撒入娃娃的眼睛，娃娃的眼睛變成了天上的星星，輕輕地眨呀眨，兩扇大大的窗子，怎麼關也關不住。」

啊，伊拉的腳跟著歌聲，為房屋撓癢癢兒，房屋忍不住輕聲笑，伊拉的腳抬起房屋放到穩固的磐石上，這樣，就算大雨泥流都沖不倒房屋。

「放心睡吧，祝福你們。」歌聲裡放下房屋，伊拉的腳悄悄轉彎、走遠。媽媽很感激，把歌聲揉成一團又一團泥餅，在地上挖出窟窿藏放進去：「送給你，請帶著歌聲去旅行，地底下的走路會多些好心情。」

媽媽還為伊拉的腳特別唱了一首歌：「走在地底下，伊拉的腳啊，越強壯越好。記得喲，要走過每一處泥土石塊，把山林穩住，把田地穩住，把泥土穩住唷。伊拉的腳啊，謝謝你喔，大家都靠你才有快樂的生活。伊拉的腳啊，越強壯越好，巡視地底下的世界，不要漏掉哪一處唷。」

瓦滴學媽媽塔伊哼唱，有表情有旋律的聲音，逗得白頭翁停到腳邊，「揪哥拉」「揪哥拉」的問：伊拉的腳現在走到哪裡了？

「它就在這裡。」瓦滴笑呵呵，撿起一塊石頭放進地上窟窿：「送給伊拉的腳，希望你喜歡這個故事。」

16. 襪子是用什麼換的

種蘭花的以陸，他的小孩參加畫圖比賽得了金牌，要去城裡領獎，老師又交代孩子：穿著要整齊，以陸特地來村子雜貨店，買雙長筒白襪子給小孩穿。

「我用蘭花換這雙襪子，行嗎？」以陸問，他手上一盆蘭草，葉片墨綠細長，氣根肥大嫩綠，長得很好。

「行。」店老闆爽快答應。轉過身，正巧猶布送雞蛋來賣，老闆於是拿這盆蘭花跟猶布換了一籃雞蛋。

回到家，以陸有點心疼，他捨不得蘭花！但是兒子穿著整齊出門的時候，以陸鬆開眉頭笑了，兒子讓他驕傲，少一棵蘭花沒啥要緊。

送孩子去學校坐車後，以陸和老婆拎著幾個雞蛋往山上走。那是家裡母雞生的蛋，剛撿拾還溫熱的，他們要去看望舊時鄰居買沃的祖父。老人家一個人住，不愛和人搭理，卻跟以陸很有話說。

聊一陣後，買沃祖父送他們到屋外，挑了個大紅南瓜給以陸，「我吃雞蛋，你們吃南瓜。」老人插著腰揮手，很有精神。

紅橙色大南瓜很漂亮，以陸和老婆商量好，拿這個做燈，送給把務的兩個小孩。

把務夫妻平日忙種薑和筍，沒空給孩子說故事、做玩具，孩子少了歡樂，缺乏夢幻的想像，實在可惜。

「果肉挖出來，我做餅給他們。」以陸老婆細心提醒：南瓜燈能陪孩子做夢，南瓜餅可以給孩子解饞。

幾天後，燈和餅都做好了，送到把務家。精緻雕鑿的南瓜是新奇東西，兩個小孩跪坐在燈前，直直望著，眼皮眨呀眨，不說話只是笑，專注純真的神態，讓他們的爸媽安慰又慚愧。

接過美味誘人的南瓜餅，把務夫妻很感激，連聲說：「謝謝，謝謝。」他們送上一大袋子的嫩薑，同時請以陸和老婆有空多來坐坐。

這麼多嫩薑，一下子也吃不完，以陸想到米釀婆婆。杜德家的人很會醃漬，嫩薑正好讓婆婆做成醬菜去城裡賣。

「太好了。」米釀婆婆快樂的挽起袖子，溫習她外公家傳的醃漬手藝。

米釀爺爺送以陸一瓶不賣人的獨門麵醬，感謝他送來這批細白鮮嫩的薑，「一定好吃！」米釀爺爺說的，不知道是醬還是薑？

「一定好吃。」以陸笑嘻嘻點頭，不管是薑或是醬，絕對都好吃。

過了一陣子，白煮麵條吃膩了，以陸想起米釀爺爺送的麵醬，請老婆拿出來拌麵條。喔，果然好吃欸。

嘴裡嚼著豐富滋味，以陸請老婆再拌一碗麵，「我送去給葛魯。」駝背葛魯多半吃烤地瓜、煮玉米，不會餓就好，沒真正吃過一頓熱食。

點點頭，以陸老婆特意多下了些麵條，要讓葛魯吃個飽。

捧著一大碗熱騰騰、香噴噴的拌麵，吃得吸哩呼嚕，葛魯感覺身體充滿元氣，人好像要蹦跳到天上去。

「謝啦，謝啦，這種好滋味，飽了肚子也飽了腦子。」葛魯拍拍肚皮拍拍頭殼，一個念頭出現了。

隔天早上，葛魯抱來一盆蘭花送給以陸：「你一定會喜歡它。」

細長蘭葉綠得鮮亮挺直，一枝墨綠花莖掛了成串白嫩花苞，有一朵花綻開了，花片雪白透著鵝黃金絲，當中露出一小片鮮豔的紫，像跟以陸吐舌頭，俏皮極了。

可是看見盆子，以陸覺得很眼熟！再摸摸花盆上綁繞的鐵絲，是他自己慣用的扭折手法，這盆蘭花不就是他拿去和雜貨店老闆換白襪子的嗎？

「你也種蘭花？」以陸還是問個清楚好確認。

葛魯哈哈笑，搖手解釋：猶布請葛魯照顧雞，用蘭花和雞蛋當作工資。「雞蛋我會吃，蘭花我可不會養。」

咳呀，東西換來抵去，最後竟然又回到以陸手裡，他的蘭花一棵也沒少！

買給兒子穿的那雙襪子，到底是用什麼換來的？

17. 我要種故事

蹲在山坡一塊光禿禿的地上，瓦滴動手挖土坑。周圍沒有樹，太陽曬的影子都躲在屁股下。

一個小男孩跑來問瓦滴：「你挖到蟋蟀了嗎？」

「嘿，古納，這種地方不會住蟋蟀的啦。」瓦滴看著小男孩。這是土麥的兒子，精力充沛，才五歲多已經滿山跑，每天玩到一身泥土，黑漆漆臭兮兮的。

「那你挖地做什麼？」古納不走開，他站著剛好和蹲著的瓦滴一般高。

「我要種故事。」

「你種故事做什麼？」古納追著問。

「我的故事太多了，種下去才不會忘記。」

「故事長什麼樣子？」

哈，這問題把瓦滴逗笑了：「我也不知道，要等它長出來才看得清楚。」

「我也要種故事。」古納真的拿石頭朝地上挖。

「很好啊。」種故事很容易，只要挖土的時候朝地上說個故事就行了。瓦滴教完繼續做自己的工作，嘴巴也跟著說說哼哼：

神仙的衣服有一個大口袋，裝了兩種東西：幸運和豆子，有幸運就能避開危險，有豆子就能不挨餓。神仙到處走，隨時掏口袋。猴子看見神仙把手放進口袋，趕忙來要接住，可是神仙的手插在口袋裡不拿出來，猴子吱吱叫，急得到處跳。

「你要什麼？」神仙問猴子。

「我肚子餓，要東西吃。」猴子伸出雙手。

神仙掏出一把豆子送給牠，告訴牠：「如果你種下豆子，以後就不會挨餓了。」可是，猴子只拼命吃那些豆子，不肯去挖地種。

「你不怕以後又肚子餓嗎？」神仙問牠。

猴子滿嘴豆糊，不在乎的揮揮手：「等到肚子餓了，我再去找吃的，怕什麼？如果肚子都不會餓，那吃東西也沒意思了。」

神仙點點頭，又把手放進口袋。兔子看見，急忙跳過來。

「你要什麼？」神仙問。

「我要幸運。」兔子怕遇到老鷹和蛇，覺得自己需要好運氣。

從口袋掏出手，神仙在兔子頭上摸摸，告訴牠：「記住，別欺負任何東西，否則幸運會分散出去。」

兔子點點頭，跳進草地裡找食物。牠看見蝸牛吃嫩葉，讓開身轉向旁邊一叢青草，可是青蛙窩在草葉裡呼呼睡，牠搓搓嘴又讓開。

猴子在樹上笑兔子：「喂，別傻了，你就吃啊。」肚子餓的時候還客氣什麼呢？

話是沒錯，但好運氣要自己留著，兔子仍舊很小心，不去跟別人搶食物。

「我討厭吃豆子！」古納大聲打斷瓦滴的故事：「猴子才笨！」他已經挖好一個洞，朝裡面喊：「笨猴子吃豆子。」又來問瓦滴：「然後呢？兔子怎樣了？」

瓦滴笑一笑，繼續說故事：

聞到甜薯葉的香，兔子跳跳跳，咬住甜薯藤，這裡沒有誰，牠放心的扯斷葉和藤，大口小口嚼，左邊抓一把，右邊扯一撮，忙著吃，吃得很開心。

甜薯痛得唉唉叫：「輕一點啦！」「別欺負我嘛！」

兔子嚇一跳，連忙放下葉和藤說：「對不起。」

蛇遊過來，捲住兔子，還好有甜薯藤卡在中間，滑溜溜，幫助兔子滑出蛇圈圈，「蹦」地跳過草堆，只差一點點，神仙送的幸運就分給蛇了。

「可是，兔子沒吃飽！」古納不滿意這個故事：猴子笨，兔子可憐，兩個都不好。

不理古納，瓦滴把故事說下去：

蛇決定去找神仙幫忙：「請送我豆子，放在我的頭上。」

「你要做什麼？」神仙來不及把手放進口袋，嚇了一跳。

「我要先把豆子想成是兔子，假裝自己在吃兔子。」

神仙搖搖頭：「這不行，豆子就是豆子，不要騙自己。」祂把手放進蛇嘴巴：「我幫你改變一下。」

蛇覺得肚子空空扁扁，看到一個金瓜，牠張口吃下去，肚子飽了一半；看到兩個紅番茄，牠吞下去；再看到豆子，牠也吞下去，現在肚子飽飽的啦。

「好東西！好東西！」蛇很滿意自己的改變，盤起身體開心睡大覺。

神仙點點頭，決定把「改變」這樣東西也放進口袋裡。

故事說完，瓦滴把土填入洞，這樣，故事就種進去了。

古納朝自己挖的洞說：「我討厭吃豆子。」學瓦滴填好土後，他問：「我的故事能長出來嗎？」

「我不知道。」瓦滴老實說：「如果你很快就忘記，那它應該會長出來。」

喔，古納開心的跑回家，等著明天來看自己種的故事。

18. 我的故事很口渴

風從山裡吹下來，很多村人聽到說話聲：「古納說故事……」再仔細要聽卻又沒有了。

大家紛紛打聽：「古納是誰呀？」「古納說了什麼故事？」

葛魯問以陸，以陸問買沃，終於知道山裡有個人叫土麥，他的兒子就叫古納，還是個小孩。

小孩子說故事，能夠說到風幫忙宣傳，這很了不起，大家都想知道故事裡說些什麼。

整天玩耍四處跑的小男孩古納，牢牢記著挖地種故事這件事，可是他忘了故事種在哪裡，山上樹木多，沒有樹的光禿禿地也不少，他只能胡猜亂找。

看到地上孤零零一兩棵草，古納問：「你們是故事嗎？」草搖搖身體說不是。

看到蝸牛，古納很高興，在蝸牛身邊找，可是附近沒有青蛙，這裡不是他聽到神仙故事的地方。

還好他又看到瓦滴了。

「故事長出來沒？」瓦滴問他。

搖搖頭，古納大聲說：「我找不到地方。」

喔，瓦滴很意外，趕快帶古納彎彎繞繞來到山坡，地上仍舊光溜溜，看不出哪裡是古納或瓦滴挖的洞。

怎麼辦？古納很擔心。

瓦滴當然有辦法：「我們提水來澆。」故事在土裡會口渴，水喝得快又多，古納果然就找到自己挖的洞。

澆完一整袋水，古納發現水澆下去立刻被喝乾，高興的大聲喊：「我的故事很口渴！」

小男孩笑哈哈蹦跳回家，瓦滴聽見風吹來說話聲：「古納種故事……」

說故事很快樂，種故事更好玩，瓦滴瞇眼微笑，祝福古納和他的故事，希望這小男孩有滿意的收穫。

隔天，古納又來澆水，他的故事像昨天那樣渴。喝完一袋水後，古納嚇一跳，地上的土膨開來，一個細長灰黑的東西伸出又縮回去。

「故事長成老鼠了！」古納拼命眨大眼睛。

有隻大老鼠，咬著一塊東西鑽出泥土，跑得跟風一樣快。

「故事被老鼠咬走了！」古納哇哇叫，追著老鼠要討回故事。

嚇得團團轉沒處躲的大老鼠，尾巴被古納踩住，丟下嘴裡東西吱吱叫：「不是我，不是我。」

「你吃我種的故事！」古納氣呼呼。老鼠咬的是一塊餅，土裡的故事長成一塊餅了！

「土裡長出一陣風，飛到天上，我住進土裡去，想要變成風。」吱吱叫完，老鼠又啃起那塊餅。

古納還是氣呼呼：「你也喝我澆的水！」

丟下餅，老鼠不叫了：「喝了水後，故事才變成風，我也要試一試。」牠說完就跑，真的變成一陣飛在地上的風，不見了。

原來，土裡故事已經長成天上的風，多神奇呀，古納笑呵呵，滿山跑，要找人說說這件事。

看到小男孩跑來面前快樂說話，知道他就是說故事的古納，每個人都很好奇，停下工作認真聽，連猶布家的公雞王也踱過來聽故事。

「什麼？老鼠是風？」「你種了一隻老鼠？」「風從土裡長出來？」「老鼠飛到天上？」「你的故事喊口渴？」「喝了水，故事就會飛？」……

新鮮逗趣又不可思議的故事，讓聽的人津津有味反覆問，古納一遍又一遍說到累了，蹲在地上喊餓。

「我有吃的。」以陸剝一塊香煎豆渣餅給他。

拿了餅，古納「靠靠咖咖」嚼，好吃的東西讓他又眉開眼笑繼續說故事：「我把故事種到地裡，老鼠跑出來，說一陣風長在土裡，後來飛到天上，老鼠也喝了水，就變成風，飛跑了。」

愛冒險的伍紹喜歡飛天鑽地的故事，用力拍手用力笑：「老鼠咬的餅就是你種的故事。」

「不是，我的故事長成風！」古納大聲說。

買沃搖手：「不是不是，你應該繼續澆水，故事還在土裡等著長出來。」

「最好長出一隻雞。」猶布幫忙想。

「我說是風！」古納大聲糾正。

「很口渴的故事嗎？那應該會長出一條河。」以陸也來猜。

欸呀，怎麼都聽不懂呢？古納再說一次：「風啦！」

爸爸土麥問：「你到底種了什麼故事到地裡頭？」

古納嘴巴張大大：「我種……」哎呀，忘記了。

怎麼辦？

葛魯笑嘻嘻：「你種新的故事吧，別忘了澆水，不然，你的故事會口渴。」

19. 留住一座山

老媽媽塔伊把一個提鍋交給瓦滴，要他送去給賈沃的祖父。鍋裡是皮蛋粥，濃稠綿軟，正合老人家的胃口和牙齒，賈沃祖父連吃兩碗，肚子溫溫熱熱，精神來了，問瓦滴：「你都做些什麼事啊？」

「我想故事。」瓦滴老實回答，他什麼工作都做過，不管做什麼，腦子裡隨時出現故事。

「來，坐下，聽我說。」老人拿支木勺給瓦滴，勺柄上畫了長一隻角的鹿，有點兒像塔伊皮蛋甕上的圖案。

「你知道該畫幾隻鹿角嗎？我要送給塔伊。」木勺原本畫了一座山，被老人巧妙的改變成鹿，現在，他要瓦滴繼續完成圖案，這樣，木勺就變成是塔伊的啦。

「謝謝，我馬上就畫。」瓦滴先細心補上另一隻鹿角，左邊有三個小分叉，右邊要叉出兩隻向天。

畫著鹿角，瓦滴又說起故事：

神仙看到獵人巴夏，不斷撿地上的石頭。

「你撿石頭做什麼？」神仙問這個人。

「我要留住一座山。」巴夏告訴神仙：山想出走，因為山上什麼也沒有，附近風景又看膩了，「它想搬到高一點的地方，可以看得更遠更多。」

可是，「撿石頭」和「留住山」有什麼關係呢？神仙想不懂。

「撿了石頭，我帶到山上堆放，讓山長高。再捉些鹿啊、猴啊、貂啊，山羊山豬山羌，野兔野貓野鼠，放養到山裡。這樣，山就不孤單，也能看到遠處的風景。」巴夏耐心解釋。

「山裡什麼也沒有嗎？」神仙很驚訝，一座山如果光禿禿，沒有樹也沒有水，那就容易發脾氣使性子。

伸手在巴夏撿的石頭上摸一遍，神仙提醒他：「別被山的影子蓋住你的頭，也別去踩到山的影子，這樣，你和山才能做好朋友、好鄰居。」

接受神仙的祝福後，巴夏帶著石頭來找山。地面一次又一次震動，山已經開步走了！

巴夏在山背後追趕，大聲喊，山聽不見也叫不回，巴夏於是拿石頭丟向山的背。許多石頭丟空了，落在山腳下，只有一個石頭打到山上，立刻長出一棵樹。

山停住腳，地面不再轟隆響，它才聽見巴夏的喊聲：「喂，別走哇，我要送你東西。」

落在山腳下，被神仙祝福過的石頭，全都變成高大的樹木，巴夏趕忙把剩餘的石頭用力丟給山：「送給你，別再走了。」

山把石頭捏碎成砂，抹遍全身各處，很快就長成濃綠茂密的森林。「可是，我站的地方不夠高，仍舊看不到更遠更多的景色。」山還是抱怨。

獵人巴夏驅趕動物們，背起土塊往山裡去，他又找鹿和山羊搬起土塊，往山腳樹根丟。土塊堆出一座高大土堆，山站上去，果然看到遠遠的天邊，很多很多尖頭、圓頂的山，都沒有它的高。

風吹來，雨落下，白雲戴在山頭，嵐霧飄在山腰，水瀑在山石間攀爬玩耍。樹上有花果香，地上有草葉香，各種動物都來找食物、找住所、找夥伴，飛的走的跳的爬的游的，多到連山都數不清種類和數量。

山站穩腳，不走了，可是低頭找卻看不到巴夏！抬起頭，巴夏遠遠看著，這座山美極了，有看不完的美麗風景，「我留住一座山了！」他高興的大聲喊。

鹿和山羊已經跑進山裡，巴夏也打算去和山聊天。

為了怕踩到山的影子，巴夏請老鷹載他飛上山，只是山太高了，老鷹盤旋幾圈都離不開山的影子，巴夏感到眼前暗下來，他心中的念頭突然改變：「不，我要擁有一座山！」

「那就是我！」買沃祖父突然開口，瓦滴嚇一跳，沒弄懂意思：「您的名字叫巴夏？」

「不，我是說，我一直想要一座山。」老人家很興奮：「擁有一座山！我的心願和巴夏一樣。」

「告訴我，故事最後怎樣了？」老人急著想知道巴夏和山的結局。

哎呀，瓦滴很抱歉：「我要再想一想。」什麼樣的安排適合買沃祖父呢？

瓦滴

看看瓦滴手上畫好鹿角的木勺，老人笑了：「很好，回去吧，替我謝謝塔伊。」

故事呢？不必說完嗎？瓦滴很詫異。

搖搖手，老人笑開掉光牙齒的嘴：「交給我就行。」自己的故事當然要自己安排呀！

20. 米莉不一樣了

總是躲在屋裡不說話的小女孩米莉，一手抱緊木頭玩偶，一手抓住米釀婆婆的衣襬，跟著婆婆出門，走在村子裡，又走往山上。

村人看著米莉，笑嘻嘻點頭，米莉藏在婆婆背後，垂著眼不說話。大家回過身又互相點頭：「米莉不一樣了！」

米莉會走出房子，全為了想再聽故事。她牢記著烏里娃娃和貝兒女孩的勇敢，可是，說故事的瓦滴很久沒到村子來。

「我們去找他，好不好？」米莉開口這樣說，讓米釀婆婆笑開了嘴。

故事的魔力真大呀！

路上遇到小男孩古納，「你種的故事長出來了嗎？」婆婆親切的問。

「故事長成一陣風，跑掉了，我還要再種。」古納笑哈哈。

米莉縮在婆婆背後，陌生的小孩說話很有趣，她好奇的探出臉，想多聽一點，可是古納已經像風一樣，很快跑遠看不見了。

來到瓦滴的家，屋旁有貓喵喵叫，老媽媽塔伊在屋後發聲喊：「瓦滴去鳳梨園工作啦。」

呵呵笑的塔伊，從竹竿晾曬的被單下鑽出身，她的頭髮比米釀婆婆白，皺紋比米釀婆婆多，聲音比米釀婆婆粗，可是動作靈活，眼睛圓圓亮亮，很可愛，讓人很想抱一抱。

米莉看得發呆，忘記把自己藏起來。

「啊呀，我正好有條手巾，可以給娃娃當裙子。」塔伊像跟米莉說話，卻看著木頭玩偶微笑。米莉嚇一跳，忙又躲到婆婆背後。

婆孫倆跟隨塔伊進屋裡，米莉驚奇的看著泥土屋。像玩泥巴隨意捏出來的一團泥丸，有泥土的味道，可是陽光從窗洞照進屋裡，很亮，有桌子和櫃子，都是山上的木頭石頭搭堆起來，穩穩牢牢的。

多麼不一樣的房子啊，米莉伸手去摸牆、摸窗、摸桌椅，走來走去，低頭看自己的影子在地上拉長、縮短。

察覺米莉鬆開手，婆婆笑瞇著眼沒作聲，小孩子會自己找好玩的事，現在，米莉終於也會啦。

一個黑怪忽然跳進亮亮的地上，米莉倒退一步，很快拿起烏里娃娃往前揮，黑怪「喵喵」叫，跑了，原來是貓爬過窗。

「我跟貝兒女孩一樣勇敢！」米莉抱緊玩偶回到婆婆身邊。

婆婆和老媽媽坐在長椅上說話，沒有注意米莉，隨她到處看。桌上有一塊大紅花布條，很漂亮，米莉看看玩偶，短褲的藍白格子如果換成紅花布，一定很好看。

塔伊笑呵呵拿起花布給米莉：「來，這個給娃娃穿。」

一長條的紅花布，該怎麼「穿」呢？

米莉先是掛在娃娃脖子上，又拿下來蓋在娃娃頭上，擺弄一會兒，她把布條圍在娃娃腰上遮住短褲，這樣果然好看，但是手指放開後，布條也掉落，穿不上呀！

米莉有點兒急，小聲說：「烏里娃娃，乖乖，穿好衣服，我帶你去外面玩。」布條圍到娃娃的腰，用力把兩頭捏成團，可是放開手後只一眨眼，布頭就鬆開，布掉下來。

欸，這個是屋裡娃娃，它不想出去。

米莉加大聲音：「貝兒娃娃，乖喔，快點穿好衣服，我們要去外面玩嘍。」她用手指絞繞布頭，絞得很緊，手放開後，米莉瞪大眼。貝兒娃娃準備好要出去了嗎？伸手去抱娃娃時，哎呀，布頭慢慢鬆脫，布掉下來。

怎麼辦？屋裡娃娃和貝兒娃娃都不穿花布，它們都不能出去。

想一想，米莉又跟娃娃說話：「米莉娃娃，花裙子給你穿，穿好了我們就去外面玩，好不好？」

這回，米莉把花布先圍著腰，再將布邊塞進短褲的腰頭裡，看看，花布下露出小截藍白格子褲腳，這件衣服，很別緻！

「穿好，別掉喔，我們要出去外面。」小心抱起娃娃，米莉笑開嘴，穿紅花布裙的米莉娃娃乖乖的，跟著她來到屋外。

瓦滴

陽光下，貓喵喵叫，風跑來摸摸紅花布，娃娃神氣的和貓跟風微笑，米莉大聲說：「曬曬太陽，你才會長得高，長得健康……」

「米莉娃娃不一樣了……」風把米莉的聲音到處吹送，米釀婆婆和老媽媽塔伊都聽到了，同時笑起來。

呵，這是另一個好故事。

21. 聽瓦滴說故事

故事的魔力真大！

看到古納不再拒絕吃豆子，看到米莉高興走到屋外，改變的妙方竟然是聽瓦滴說故事，大人們開始注意聽瓦滴說話。

買沃的祖父交代兒子孫子：「東西別種太多，生活夠用就好。」

他們一家三代在山裡開墾耕種，努力存錢想要買下一座山，若不多種些作物，錢要存到哪時候才夠？

可是老祖父搖手搖頭：「人要和山作好鄰居，別侵擾山。」

什麼意思？「您不是想有一座山嗎？」兒子孫子很驚訝。

「欸，那不想了，留住一座山就可以，小心，別讓山出走了。」老祖父記得瓦滴那個沒說完的故事，決定放棄期待一輩子的心願。

「我要讓故事有好的結局。」老祖父爽快的說。故事！瓦滴的故事能改變彆扭的小孩，也能改變孤僻固執的老祖父嗎？

大家原本笑瓦滴不務正業、遊手好閒，現在，山裡住戶收起批評，到處找瓦滴，想聽清楚他說了什麼。

瓦滴正在鳳梨園，為果實套紙袋，一邊跟鳳梨說話：「遇到亞拉固固時，你們記得喊它。它如果歡呼，那會有風來；它如果歌唱，那要注意聽，它也許要到神木林……」

「你不會口渴嗎？」「鳳梨聽得懂嗎？」跟著瓦滴聽沒幾句，這些人立刻有疑問了。

瓦滴笑起來：「我種什麼都要跟它們交談、聊天，讓它們高興。」

那……誰是亞拉固固？

「喔，它很厲害。」瓦滴看著大家，煞有其事的說：

亞拉固固隨時都在唱歌、歡呼，它是水的孩子，在山裡出生長大，認識每一塊石頭，每一座森林，每一種動物和植物。

「這些都是你的責任，照顧它們，像農人種田那樣。」天和地的交代，亞拉固固記住了。

它的身體柔軟有彈性，能縮小、伸長、彎折、分解；它鑽入泥土裡、石頭裡、樹裡，想盡辦法保護它的「田」。

「來，我看看。」亞拉固固替樹木沖洗、按摩，幫助它們茁壯。

「來，我抱抱。」亞拉固固撫摸石頭，檢查它們坐的是不是安穩牢靠。

山很大，亞拉固固要奔跑才能看遍所有東西。

在地面奔跑時，它的歌聲「嘩啦啦，嘩啦啦」；在山壁奔跑時，它跟石頭合唱「轟轟」「澎澎」；在空中奔跑時，它的歌聲更多樣，「淅哩淅哩」「滴滴兜兜」「霹霹啪啪」。

亞拉固固的腳步，會跟著歌聲輕輕踩或重重踏，也有些時候，亞拉固固用歡呼代替唱歌，我們會聽到「呼呼」「咻咻」「唰唰」的叫聲，還有樹葉「沙沙」「嘩嘩」的回應。

亞拉固固讓生命感到安全、快樂，每一棵樹都長得巨大高挺，它們向天和地展示亞拉固固認真工作的成績。

「你很厲害，種出神木。」神仙也佩服亞拉固固。「種什麼都一樣，要讓它們高興長大，也讓它們吃飽休息。」亞拉固固望著神木歡呼。

動物們出入神木林，沾染神妙靈秀的氣韻，生命格外強悍勇健，比平地的同類更會跑會跳會飛會爬。

人和動物們談話，聽說神木林的出現，想砍取回家。

「這是神的東西，家裡有了神木，邪靈惡魔都會避開。」帶著斧頭、鋸子、繩索，人進到山裡尋找神木。

亞拉固固心腸柔軟，它不傷害人，只撒下煙嵐雲霧，阻隔神木群，遮住山徑。

看著迷濛模糊的巨大樹影，人跪拜呼喊：「求求祢，讓我看一眼，讓我摸一下。」美妙仙界的神木啊！人發誓非得到不可。

嵐霧把人困鎖在山裡，亞拉固固給他水喝，引他走到山下，但人不罷休，又再入山，結果仍舊無功而返。

「回去吧，山裡將不再有神，不再有神木。」

亞拉固固腦筋很柔軟，它將神木隱去形態，只留下芬芳的氣味。隱形的神木林成為山的靈魂，人被禁止接近，連看都不行。

亞拉固固用柔軟的身體、柔軟的心腸和柔軟的腦筋，照顧山，照顧生命。動物們只要喊出「亞拉固固」，都會得到甘露回應；神木群安全隱身在山裡，植物們從泥土下知道它們的聲息；至於人，聞久了樹木芳香，聽多了動物交談，也學會喊「亞拉固固」……

「會怎麼樣？」圍著瓦滴，聽故事的人屏氣追問。哎呀，這些大人，也被瓦滴的故事深深吸引了！

他們發覺：瓦滴說的故事含著許多慈悲、善良、愛與力量，瓦滴就是「亞拉固固」啊。

兒童文學23　PG1298

瓦滴

作者／林加春
責任編輯／徐佑驊
圖文排版／周好靜
封面設計／蔡瑋筠
封面插畫／Au Chang
出版策劃／秀威少年
製作發行／秀威資訊科技股份有限公司
114 台北市內湖區瑞光路76巷65號1樓
電話：+886-2-2796-3638
傳真：+886-2-2796-1377
服務信箱：service@showwe.com.tw
http://www.showwe.com.tw

郵政劃撥／19563868
戶名：秀威資訊科技股份有限公司
展售門市／國家書店【松江門市】
104 台北市中山區松江路209號1樓
電話：+886-2-2518-0207
傳真：+886-2-2518-0778

網路訂購／秀威網路書店：http://www.bodbooks.com.tw
國家網路書店：http://www.govbooks.com.tw
法律顧問／毛國樑　律師

總經銷／聯寶國際文化事業有限公司
221新北市汐止區康寧街169巷27號8樓
電話：+886-2-2695-4083
傳真：+886-2-2695-4087

出版日期／2016年10月　BOD一版　**定價**／200元
ISBN／978-986-5731-62-5

國家圖書館出版品預行編目

瓦滴 / 林加春著. -- 一版. -- 臺北市 : 秀威少年, 2016.10

面； 公分. -- (兒童文學 ; 23)

BOD版

ISBN 978-986-5731-62-5(平裝)

859.6 105014525

讀者回函卡

感謝您購買本書，為提升服務品質，請填妥以下資料，將讀者回函卡直接寄回或傳真本公司，收到您的寶貴意見後，我們會收藏記錄及檢討，謝謝！如您需要了解本公司最新出版書目、購書優惠或企劃活動，歡迎您上網查詢或下載相關資料：http:// www.showwe.com.tw

您購買的書名：________________________________

出生日期：________年________月________日

學歷：□高中（含）以下　□大專　□研究所（含）以上

職業：□製造業　□金融業　□資訊業　□軍警　□傳播業　□自由業

□服務業　□公務員　□教職　□學生　□家管　□其它_____

購書地點：□網路書店　□實體書店　□書展　□郵購　□贈閱　□其他

您從何得知本書的消息？

□網路書店　□實體書店　□網路搜尋　□電子報　□書訊　□雜誌

□傳播媒體　□親友推薦　□網站推薦　□部落格　□其他__________

您對本書的評價：（請填代號　1.非常滿意　2.滿意　3.尚可　4.再改進）

封面設計____　版面編排____　內容____　文／譯筆____　價格____

讀完書後您覺得：

□很有收穫　□有收穫　□收穫不多　□沒收穫

對我們的建議：________________________________

____

____

____

請貼
郵票

11466
台北市內湖區瑞光路 76 巷 65 號 1 樓
秀威資訊科技股份有限公司 收
BOD 數位出版事業部

（請沿線對折寄回，謝謝！）

姓　　名：＿＿＿＿＿＿＿＿　年齡：＿＿＿＿　性別：□女　□男

郵遞區號：□□□□□

地　　址：＿＿＿＿＿＿＿＿＿＿＿＿＿＿＿＿

聯絡電話：(日)＿＿＿＿＿＿＿＿　(夜)＿＿＿＿＿＿＿＿

E-mail：＿＿＿＿＿＿＿＿＿＿＿＿＿＿＿＿